O OLHO DE VIDRO DO MEU AVÔ

Bartolomeu Campos de Queirós

O OLHO DE VIDRO DO MEU AVÔ

global
editora

© Jefferson L. Alves e Richard A. Alves, 2022

1ª Edição, Moderna, 2004
2ª Edição, Global Editora, São Paulo 2021
3ª Reimpressão, 2025

Jefferson L. Alves – diretor editorial
Flávio Samuel – gerente de produção
Juliana Campoi – coordenadora editorial
Thalita Moiseieff Pieroni – revisão
Daniel Bueno – ilustrações de capa e vinheta
Fabio Augusto Ramos – projeto gráfico

Dados Internacionais de Catalogação na Publicação (CIP)
(Câmara Brasileira do Livro, SP, Brasil)

Queirós, Bartolomeu Campos de, 1944-2012
   O olho de vidro do meu avô / Bartolomeu Campos de Queirós. – 2. ed. – São Paulo : Global Editora, 2021.

   ISBN 978-65-5612-110-9

1. Literatura infantojuvenil 2. Prosa poética I. Título.

21-63998   CDD-028.5

Índices para catálogo sistemático:
1. Prosa poética : Literatura infantil   028.5
2. Prosa poética : Literatura infantojuvenil   028.5

Aline Graziele Benitez - Bibliotecária - CRB-1/3129

Obra atualizada conforme o
NOVO ACORDO ORTOGRÁFICO DA LÍNGUA PORTUGUESA

Global Editora e Distribuidora Ltda.
Rua Pirapitingui, 111 – Liberdade
CEP 01508-020 – São Paulo – SP
Tel.: (11) 3277-7999
e-mail: global@globaleditora.com.br

grupoeditorialglobal.com.br   @globaleditora
blog.grupoeditorialglobal.com.br   /globaleditora
/globaleditora   @globaleditora
/globaleditora   @globaleditora

Direitos reservados.
Colabore com a produção científica e cultural.
Proibida a reprodução total ou parcial desta
obra sem a autorização do editor.

Nº de Catálogo: **4489**

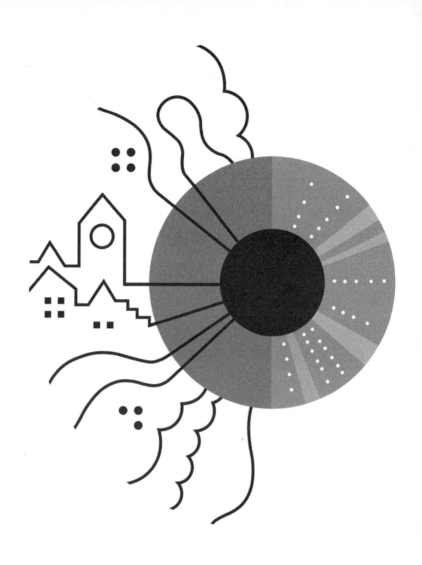

Para Maria das Graças.

"A infância que já não existe presentemente,
existe no passado que já não é."

Santo Agostinho

Era de vidro o seu olho esquerdo. De vidro azul-claro e parecia envernizado por uma eterna noite. Meu avô via a vida pela metade, eu cismava, sem fazer meias perguntas. Tudo para ele se resumia em um meio-mundo. Mas via a vida por inteiro, eu sabia. Seu olhar, muitas vezes, era parado como se tudo estivesse num mesmo ponto. E estava. Ele nos doava um sorriso leve com meio canto da boca, como se zombando de nós. O pensamento vê o mundo melhor que os olhos, eu tentava justificar. O pensamento atravessa as cascas e alcança o miolo das coisas. Os olhos só acariciam as superfícies. Quem toca o bem dentro de nós é a imaginação.

Meu avô imaginava sempre, eu acreditava. Vencia as horas lerdas deixando o mundo invadi-lo por inteiro. Ele hospedava essa visita sem espanto. Saboreava o mundo com antiga fome. O que seu olho de vidro não via, ele fantasiava. E inventava bonito, pois eram da cor do mar os seus olhos. E todo mar é belo por ser grande demais. Tudo cabe dentro de sua imensidão: viagens, sonhos, partidas, chegadas, mergulhos e afogamentos. Há que se contar o desassossego que as águas nos provocam. Nunca soube se meu avô conhecia o mar. Sua cidade ficava bem no meio das minas. Sei que morava entre um mar de montanhas, um mar de filhos, um mar de paixão e um mar de dúvidas.

E devia ser sem tamanho o seu olhar de vidro. Ele parecia conhecer até o depois dos oceanos.

Ao ficar diante de meu avô eu me sentia apenas um menino em seus olhos. Se alguém nos olha nos multiplica. Passamos a ser dois. Somos duas meninas dos olhos. Mas no olhar de meu avô eu só podia ser um. E ser dois é ter um companheiro para aventurar, outro irmão para as errâncias. Assim, é sempre possível jogar nossa culpa no outro. E ele desculpa sempre. Toda pessoa é gêmea de si mesma. Há sempre um outro escondido dentro de nós que nos vigia em silêncio. Só aqueles que possuem um olhar de vidro não refletem isso. Meu avô me reduzia, me fazia solitário. Eu me sentia único, órfão, sem portas para saídas.

Dizem que ele viajou para São Paulo. Naquele tempo, São Paulo ficava quase em outro país. Foi comprar esse olho que não via. Ele jamais acreditou que, em terra de cego, quem tem um olho é rei. Venceu longos dias de estrada, poeira, lama, fantasiado de pirata, como se fosse carnaval. Tudo para conquistar um olho. Meu avô era vaidoso, mesmo sem desejar ter reinado.

Voltou com dois olhos, mas apreciando a paisagem apenas com o lado direito. Pelo olho esquerdo ele só adivinhava. Um olho era de mentira e o outro de verdade. Mas isso não lhe trazia problemas. Cego é aquele que não quer ver. Ele via muito. Tudo no mundo é, em parte, uma verdade e, por outra parte, uma mentira.

Com o olho direito meu avô via o sol, a luz, o futuro, o meio-dia. Com o olho esquerdo ele via a lua, o escuro, o passado, a meia-noite. Um dia me falaram que a alma tem dois olhos. Com um, ela olha para o tempo, com o outro, ela namora a eternidade. Um olho é do amor e o outro é do desamor. Mas eu não conhecia a alma. Sei que se fosse boa ia morar no céu. Se fosse má estaria, para sempre, no caldeirão do inferno. Aprendi isso no catecismo.

Ninguém esgota o mundo com o olhar, mesmo possuindo dois olhos sem vidro. Mas a gente, com dois olhos, sempre olha e não acredita no que vê. Mas meu avô desejava que toda a cidade o visse com dois olhos, o que de fato era uma meia-verdade. Mas, com o passar dos anos, o povo esqueceria qual olho era o de ver e qual olho era o de enfeitar. Qual era o passado e qual o futuro. As pessoas confundem os lados com muita facilidade. Nunca esqueceriam que um olho era o de mentira, feito em São Paulo. Jamais decifrei por que São Paulo tinha uma fábrica de olhos cegos.

Tenho medo da palavra verdade. É tão crua. Parece feita de faca. A palavra verdade não permite o erro, daí não conhecer o perdão. A verdade, se existe, deve ser exagerada demais. É maior que o mar. O mar tem margens e a verdade não. A verdade não possui fronteiras. A verdade não permite perguntas. A verdade é uma resposta quase falsa. A verdade invade. Eu sempre acreditei mais no olho da mentira do que no olho da verdade. Com o olho da mentira meu avô só me via com encantos.

Fui criado por via das dúvidas. Quando adoecia, minha mãe chamava o farmacêutico, por via das dúvidas. Mas, por via das dúvidas, acendia uma vela. Por via das dúvidas escaldava um chá. Por via das dúvidas mandava benzer. E eu, por via das dúvidas, voltava a ter saúde. A dúvida sempre me salvou. As pessoas que cismam ter encontrado a verdade me assustam. Daí gostar de meu avô. Ele sempre duvidava do que via. E se via, fazia de conta que não via. Ele escolhia o que ver. Quando nos negamos a ver é porque já vimos. E fica impossível desver.

Eu gosto da palavra crença. Ter crença é ser mais brando, é poder mudar, trocar de lado, ser um dia sim e outro não. É não ser certo nem dar certeza. E a crença do outro pode encantar você, lhe deixando apaixonado. Na paixão mudamos de lugar. Na paixão você é feliz por cumprir a crença do outro. A crença escuta. Quem possui a verdade, apenas fala. Meu avô devia viver em dúvida. Não sabia, ao certo, o que seu olhar alcançava.

Ele se recostava na cadeira de balanço e se embalava de mansinho como se o mundo morasse em seu colo. Balançava leve para não acordar o silêncio. Guardava uma secreta ternura pelo silêncio. Com ele aprendi que no silêncio cabe tudo. O silêncio decifra todos os labirintos. Não existe um só ruído que o silêncio não escute.

Muitas vezes esse silêncio se misturava com o cheiro do alho que minha avó refogava para o arroz; possuía o aroma do café coado na hora; tinha o gosto dos sonhos que minha avó fritava e cobria com açúcar e canela. E se era por demais imenso o silêncio, exalava entre ele um perfume das dálias que enfeitavam o canto da sala. O silêncio é essência. Se o olho do meu avô via, era uma visão em silêncio.

Envolvido pelo silêncio, meu avô dispensava os olhos. Abaixava as pálpebras e buscava outras lonjuras. O silêncio era seu bilhete para viagens. Esse sossego se prolongava por grandes horas. Eu buscava adivinhar as terras que meu avô desvendava, as mãos que ele apertava, os oceanos que atravessava, o coração em que se deitava. Mas todo o meu esforço se tornava pequeno diante de tanto segredo e suspiro. Então meu carinho abraçava meu avô sem necessitar de mãos. Estávamos envolvidos de emudecimento.

Um dia eu virei meu avô. Minha mãe me vestiu de pirata. Eu nem sabia o que era carnaval. Meu desejo era afastar a venda que cobria o meu olho e me impedia de ver melhor. Faltava luz para o meu olhar. Mas sem a venda eu deixaria de ser pirata e ainda mataria a alegria da minha mãe de me ver como seu pai. Com um olho eu via o baile, as máscaras, os disfarces. Com o outro eu invadia caravelas, assaltava navios, vencia mares, me assustava com os tesouros. Como meu avô, eu via o visível e me encantava com o invisível. Não ter um olho é ver duas vezes. Com um olho você vê o raso e com o outro mergulha o fundo.

Quase sempre eu sentia que o olho de vidro do meu avô queria enxergar. Fazia um esforço sem tamanho. Enquanto o da direita via todos os lados, o olho da esquerda restava imóvel, fixo, preso, pregado, insistindo em imaginar o que estava em sua frente. Era triste e feio ver meu avô olhar de soslaio, ou melhor, tentar olhar de banda. Um olho ia e o outro ficava. Eu sempre me colocava em frente ao meu avô. Tinha receio de ficar ao lado e seu olhar não me encontrar. Nunca desejei me perder de meu avô. Jamais gostei de vê-lo do lado feio. Nas histórias que me contavam havia sempre bruxas zarolhas. Com o olhar elas infernavam tudo. Viajavam pelo mundo envenenando os caminhos, transformando o fogo em água, o bem em mau, o direito em esquerdo, ratos em morcegos. Mas toda bruxa tem dois lados. Para fazer o mau tem que conhecer o bem. E meu avô, visto de frente, encarando a linha do horizonte, era um homem bonito, assim com o seu largo olhar paralelo.

Eu carregava dentro de mim um desejo escuro. Vontade de saber se meu avô retirava seu olho na hora de dormir. Havia sempre, sobre o criado, que além de mudo era cego, um pires. Não parecia com o pires de Santa Luzia. Mas bem serviria de berço para um olho cansado de nada ver. Um olho que era e não era.

Eu também gostaria de possuir um olho assim, que ficasse distante de mim, sobre o criado. Ter meu olho me espiando de longe. Quem sabe, eu me conheceria melhor? Conheceria minha superfície sem precisar de espelho. Um olho capaz de vigiar meu sono, me protegendo dos fantasmas que nos visitam se descuidamos de nós. E dormir é descuidar-se de si mesmo. Dormir é ficar desarmado, é não ser mais proprietário do próprio corpo. Ah! Como o olho do meu avô me enchia de dúvidas!

O olho mágico do meu avô não cansava de espiar. Não era um olhar ameaçador, de olho por olho e dente por dente. Se não parecia um olhar de peixe morto, também deixava de ser um olho gordo ou um olho raso d'água. Seu olhar comprido derramava certa doçura tímida sobre todas as coisas como um olhar de poeta.

Mesmo olhando para depois de tudo, seu olhar não trazia inquietações.

    Mas o olhar de meu avô continuava me deixando atordoado. Imaginar que ele poderia estar lendo o que estava escrito dentro de mim, me afligia. E minhas palavras, ainda presas em minha garganta, eu as guardava por linhas tortas. Mas se amarradas, costuradas, construiriam uma oração inteira. Eu não sabia se meu avô gostaria de ler a história que ele escrevia no meu coração. Nem sei se ele gostava de orações.

    A falta de olhos sempre me perseguiu. Tive um galo que se chamava Jeremias. Como meu avô, ele só via um lado do mundo. E não adiantava voar até São Paulo. Não existia olho de vidro para galo. Nem óculos escuros, para enganar as galinhas, ele poderia usar. Despistava a ausência do olho deixando a pálpebra sempre fechada. Não me lembro se ele era cego do olho esquerdo ou do direito. Faz tanto tempo... Eu ainda nem usava óculos. Chegava perto dele passando pelo lado cego e o abraçava. Ele não me via e devia pensar que estava sendo abraçado pelo mundo. Sentir-se amado pelo mundo traz uma emoção suave. Seu olho de ver se via entretido com o milho, o cisco, o chão. Eu não abraçava meu avô. Tinha medo de que seu olho de vidro piscasse para mim. Depois, olho de vidro não fica alegre nem triste. É tão bonito quando um olhar sorri... Meu avô tinha o rosto muito sério.

Muitas vezes desejei ver meu avô chorando. Queria saber se olho de vidro contém lágrimas. Mas ele não chorava. Motivo ele tinha. Não poder ver o mundo inteiro deve trazer ansiedade. Ver tudo pela metade traz tristeza. O mundo fica parecendo um retrato de meio-corpo. Na sala da casa, dependurado na parede, estava um retrato de meu avô e da minha avó, de meio-corpo. Dentro da mesma moldura eles pareciam felizes. O retrato deixa as pessoas para sempre.

Mas, se meu avô chorava, era escondido. Ele nunca deixava de trazer no bolso do paletó um lenço dobrado em cinco pontas. Nossa Senhora tinha sete espadas e sete dores. Meu avô devia sentir mais de cinco punhaladas. E lenço só tem serventia para o choro. O lenço ampara as lágrimas de quem não gosta de rosto temperado. É bom sentir as lágrimas rolando pelo rosto como um rio quente.

Sempre gostei do sabor das lágrimas. Minhas dores duravam só o tempo de a lágrima chegar a minha boca. Quando eu passava a língua e sentia o sal, esquecia a dor. A lágrima sempre salgou meu sofrimento com seu mistério.

Acho as lágrimas muito cheias de dizeres. Elas moram dentro da gente e aliviam as dores que também moram dentro da gente. Não sei por que elas não curam a dor antes de a dor doer. Mas vou deixar para falar de lágrimas depois. Chorar cansa! Depois de muita lágrima há que dormir um longo sono. Agora não quero dormir. Minhas tristezas estão maduras. Só tristezas verdes precisam de água para crescer. Também não sei a cor das tristezas maduras. Devem ser transparentes.

Poucas vezes estive na casa de meu avô. Nunca por longo tempo. Chegava e brincava de não querer saber de nada e acabava sabendo de tudo. Eu era curioso e guardava cada minúcia na memória. Coisas no princípio confusas, eu só vim costurar mais tarde. A memória é uma faca de dois gumes. Ela guarda fatos que me alegram em recordar, mas também outros que desejaria esquecer, para sempre. A memória é como cobra: morde e sopra.

Mas todos cuidavam de mim usando contidos carinhos. Lembro-me de um dia no quintal, com meu avô, embaixo de um pé de jabuticabas. Eram milhares de olhos pretos me espiando, me convidando a saboreá-los. Queria que os olhos do meu avô fossem pretos para me espiar, como faziam as jabuticabas. Não gostaria de chupá-los. Mas eles eram azuis e muito longe do mar. Mesmo assim eu navegava. Inventava que o mar tinha aportado nos olhos de meu avô. Encarava seu olhar e permanecia ancorado. Mas ver o mar com olhos azuis é o mesmo que ver a noite com olhos pretos. Não deve causar emoções. Difícil é ver o mar com olhos castanhos. Vivia em mim uma vontade de conhecer o mar. Mas, se ele era longe, morava em mim um medo de meu olhar mudar sua cor. Meu olhar foi sempre descolorido.

Não sei se meus primos, tios e parentes se interessavam como eu pelo olho de vidro do meu avô. Nunca diziam nada: nenhum comentário, nenhuma interrogação, não pediam nenhum esclarecimento. Só eu não me esquecia de seu olhar. Eu estava sempre de olho no olho dele. Um dia fiquei aflito. Vi uma formiga, muito miúda, passeando sobre seu olho. O olho de vidro era seco, sem umidade. Talvez ela tivesse encontrado doçura naquele vidro liso e frio. Ela andava acompanhando o círculo da pupila como se brincasse de ciranda ou comesse um olho de sogra pelas beiradas. Meu avô continuava tranquilo, sem sentir nem mesmo uma cosquinha ou formigamento. Eu, com gastura, segurava meu riso. Tive vontade de espantar a formiga, mas deixaria meu avô sem jeito. Ele nunca falava do seu olho. Quis devolvê-la ao formigueiro. Senti medo de a miúda criatura espalhar a notícia, e uma fila de formigas curiosas passarem a visitar o olho de vidro do meu avô carregando folhas e sementes, em procissão. Mas a formiga partiu como tinha chegado: misteriosamente. E o olho do meu avô não viu.

Com apenas meia vista meu avô vigiava seus sete filhos: Maria, Tereza, Júlia, Diva, Afonso, Jafé e Joaquim. Tinha uma mais pequenininha, que se chamava Santinha, mas vou deixar de lado. Quando minha mãe morreu, a Santa foi morar lá em casa e transformou tudo num inferno. Cismou de casar com meu pai que, nessas alturas, já amava outra.

Meu pai, como meu avô, não conseguia viver com o coração desocupado. Meu avô tinha um filho para cada dia da semana, ou para cada fase da Lua, ou para cada cor do arco-íris, ou para cada nota musical. Ele não tirava o olho de cima de nenhum dos filhos se eles estivessem do lado direito. Os filhos preferiam ficar mais do lado esquerdo, escondidos.

Maria era minha mãe. Mesmo vigiada se casou com meu pai, contrariando meu avô. Nunca deve ter namorado pela rua Direita. Toda cidade tem uma rua chamada Direita, onde as moças direitas passeiam. Isso, da minha mãe, eu sabia por ouvir dizer. Se escutamos por muitas vezes um mesmo assunto passamos a ser donos dele. Amavam escondido, entre uma viagem e outra que meu pai fazia passando pela cidade. Casaram-se.

Ela fez seu vestido com o pano da cortina da sala. Um pano leve que a brisa soprava sem esforço. Não levou arca com enxoval de linho bordado. Meu avô dizia estar sem recursos. Viveram em muitos e diferentes lugares. Meu pai nunca teve um pouso certo. Onde aparecia trabalho, ele assinava o ponto.

Viveram felizes por curto tempo. Minha mãe nos deixou cedo. Partiu contrariada numa segunda-feira. Ela era a primeira filha, primeira fase da Lua, primeira cor do arco-íris, primeira nota musical. Era um dó ver minha mãe como cigana, sem eira nem beira, acompanhando o marido. Cada filho nasceu numa parada. Ela estava com 33 anos, idade de Cristo quando crucificado. Lembro-me de que quando sua dor era maior que a cruz, ela se assentava na cama, entre lençóis e brancura, e se punha a cantar. A melodia invadia a casa, os cômodos, os quintais, os vizinhos. Sua voz afinada desafinava a nossa esperança.

A música foi sua maneira de prolongar a partida. Não havia remédio maior que a canção para ultrapassar seu desespero.

    Nós erámos seis filhos felizes entre as alegrias da pequena cidade: cachoeiras, ruas, quintais, matos, árvores, escola e livros. Envolvidos pela saudade, passamos também a estar no mundo brincando com a tristeza, improvisando carinhos, sonhando apenas com o que já tínhamos. E quando as surpresas apareciam, mesmo pequenas, a vida virava uma festa.

    Tereza se enamorou de um caçador. Ele trazia sempre uma espingarda ao ombro e os ouvidos atentos aos ruídos das matas, aos pios dos pássaros. Não perdoava nem beija-flor. Fechava o olho direito e mirava a presa com o esquerdo. Não perdia uma bala. Meu avô aceitou o casamento com louvor. Deveria guardar a inveja e a vaidade de possuir um genro que tinha como profissão usar apenas um dos olhos. Ele mostrava que dois olhos eram mesmo demais. Do casamento nasceu uma manada de primos, e todos com apelido de animal: anta, grilo, pardal, formiga, coelho, preguiça. Eu gostava do preguiça por ser lento até para comer. Engolia tudo inteiro para não ter o trabalho de mastigar.

Júlia observou a casa, reparou os parentes, contemplou a cidade e teve medo do futuro. O coração engasgou. Arregalou os olhos e partiu para a capital. Dizem que escondia uma grande mágoa no peito. Nunca mais voltou. Virou enfermeira num hospital de loucos. Todos, como Júlia, viam o mundo de maneira que ninguém suspeitava. A liberdade exagerada comandava tudo. Dedicou-se de corpo e alma à profissão e passou a falar a língua deles. A loucura foi seu caminho. Uma loucura mansa sem perder a paciência com a vida. Nunca soube se tia Júlia era feliz ou triste. Sei que era doce com o mundo, esperando uma visita que nunca chegou. Tinha uma casa, com dois cômodos e duas janelas. Viveu só, com duas cadeiras, dois pratos, dois garfos, duas facas, dois copos, dois travesseiros e uma indecifrável esperança.

    Diva namorou todos os rapazes da cidade. Bonita, cabelos longos e pele morena, em casa passava todos os momentos de frente para o espelho. Meu avô não falava palavra. Detestava espelho. Devia se assustar com aquela falta. Fazia a barba pelo tato. Diva se dizia religiosa e durante o dia ajudava nos ofícios da igreja. Nas noites frequentava velórios. Morria gente todo dia. Devia estar pedindo perdão a

Deus com antecedência. Para tapear seu pai, lhe confidenciava que sua vida terminaria num convento. Só faltava decidir se seria Franciscana ou Carmelita descalça. Todos fingiam acreditar em sua beatice, em sua caridade, para evitar trovoadas. Ela praticava a generosidade cotidianamente. Um dia fugiu para Goiás, com um amor casado. Nunca mais deu notícias. Devia morar numa fazenda e vencer os dias aguando os canteiros de saudades ou fazendo tachos de amor em pedaços. Muitos foram feitos para amar muitos. Se teve filhos, eu não conheci meus primos.

Afonso, o mais bonito, viajou para o Rio de Janeiro. Foi ver de perto o mar que o pai ancorava no olhar. Encantou uma bailarina e voltou casado. Nunca mais bebeu. Comentavam que ele foi o mais premiado dos filhos. Vivia dançando na corda bamba. Amava e era amado, sem fronteiras. Passou a andar na ponta dos pés, tamanho seu cuidado e amor pelo mundo. Todos os habitantes da cidade viviam curiosos e invejosos. Queriam saber como era a vida de uma bailarina. Dentro de cada um de nós existe uma força pronta para dançar. Quando ela se debruçava na janela, toda a cidade parecia desejar aplaudir. Bailarina naquele canto do mundo era coisa rara. Um dia deixaram Bom Destino e abriram um armazém em Conceição do Rio Pará. Vendia de um tudo.

Jafé era um enigma. Vivia em casa, fechado no quarto entre livros, escritos, papéis. Não era mudo, mas não falava. Dormia de terno e sem tirar as meias. Só chegava à porta quando o carteiro passava. Nunca recebia cartas, mas sua esperança não morria. Todos lhe davam livros de presente. Tinha dois olhos, mas se negava a ver o mundo. Um dia um fiozinho de amargura escorreu vermelho por debaixo da porta. Ele partiu e deixou todos com mais dúvida e silêncio. Ninguém mais deitou em sua cama.

Joaquim foi ser militar. Carregava dois olhos azuis, que não eram de vidro, capazes de iluminar o mundo. Herança definitiva de seu pai. Sempre foi fiel às leis e amante da justiça. Subiu na profissão e chegou ao mais alto grau da carreira. Casou-se. Sua mulher, obediente, mãe exemplar, teve tantos filhos quanto ele ordenou. Todos sobreviveram obedecendo à ordem e ao progresso. Comiam à mesa, com garfo e faca, e mastigavam com as bocas fechadas, observando um silêncio de igreja. Meu tio cultivava um grande amor pelos relógios. Em todos os cômodos da casa escutava-se um tique-taque. Sua mania era acertar os ponteiros para não se perder no tempo. Passava horas e horas consultando as horas.

A cidade de meu avô se chamava Bom Destino. Cidade pequena e plana, cansada de tanta paz. Dormia cedo e acordava com o canto dos galos. Um rio, com destino ao mar, dividia a vila ao meio. Nunca fui capaz de entender esse nome. Meu avô era bem destinado. Não dormia sem pensar no amanhã. Minha avó dizia que a Tereza, viúva do Gonçalo, fazia leitura do destino, nas cartas. Podia trazer de volta a pessoa amada. O mundo deveria se chamar Bom Destino. É um nome bonito para quem está aqui só de passagem. Como somos todos passageiros, a Terra toda deveria ser um bom destino. Meu avô tinha tanto amor pela vida que não queria sair de seu destino nunca. Não sei se pedia a Deus para viver sete vidas, com fôlego de sete gatos.

Mas meu avô só devia ver o mundo inteiro quando sonhava. Para sonhar não se precisa de olhos. Sonho vê além de tudo. Ele nunca usava o sonho para jogar no bicho. O sonho, dizem, é uma jaula e basta ter sorte. Cada sonho é um animal. Todo sono inventa um sonho. Em Bom Destino vivia um bicheiro que se chamava Cordeiro. Ele não era santo, mas muitos faziam sua fezinha.

Meu avô me disse que sonhou com uma árvore carregadinha de frutas maduras. Pareciam laranjas, mas não eram laranjas. Pareciam maçãs, mas não eram maçãs. Sonho é mesmo assim, parece mas não é. E, quando ele foi chegando pertinho das frutas, elas bateram asas e se transformaram em borboletas. Era um mar de cores viajando pelo céu adentro. Aí ele não mais se lembrou de laranja ou maçã. Acordou com saudades das cores das borboletas. De fato, borboleta sem cor não é borboleta. E olha que meu avô só devia ter visto a metade das asas. Nunca dei conta de pensar em uma borboleta descolorida, mesmo com meu olhar desbotado. Se ele tivesse jogado no bicho, ganharia uma árvore carregadinha de dinheiro.

Mas tudo isso não tinha importância. O que me preocupava era o olhar de meu avô. Quando o dia estava claro, céu azul, sol alto, ele colocava seus óculos escuros, *ray-ban*. Com seus olhos, assim cobertos, eu ficava mais tranquilo. Seu olhar não buscava por mim. Meu avô ficava parecendo motorista de caminhão. Naquele tempo eu não conhecia piloto de avião. Os pilotos cobrem os olhos para tirar a luz do caminho. O vazio brilha muito. A profissão mais bonita, naquele tempo, era ser chofer em estradas. Não ter medo de distância e trocar de destino, sempre. Ter encruzilhadas é poder escolher.

Meu pai dirigia um caminhão muito grande e bonito. Viajava para longe, levando manteiga para as cidades que só produziam pão. Bom Destino tinha pão e manteiga. Passava dias distantes e voltava trazendo uma carroceria de notícias. Eu ficava impressionado como era grande o mundo do meu pai. Ele colocava um travesseiro sobre seus joelhos, me assentava em cima e me entregava o volante para eu dirigir. Naquele tempo eu não sabia nem frear meus pensamentos. Tinha só duas pernas; imagina dirigir um caminhão com dez rodas. Depois, como seria possível eu aprender a dirigir, se minha alegria eram as paisagens! No caminhão havia um espelho de lado. Eu apreciava ver meu pai olhando para a frente e correndo os olhos sobre o que estava atrás. Nesses momentos ele possuía muitos olhares.

Meu avô não tinha carro. Também, ele só tinha um olhar que não gostava de espelhos. Sempre andava a pé pela cidade. Se bem que fazia só um caminho. Possuía uma bengala com cabo de ouro e marfim. Não era para facilitar sua direção. Tudo por uma questão de elegância. Ele mantinha um andar nobre, olhava o mundo como se estivesse por cima, nas nuvens ou andando sobre as ondas. Meu avô apreciava Strauss. Cumprimentava as pessoas apenas inclinando a cabeça. O que ele economizava no olhar também economizava na fala. Com o chapéu tombado para o lado esquerdo procurava esconder o olho da traição. Nunca soube se era medo ou respeito o que os vizinhos sentiam por ele. Subia a rua, e em cada fresta de janela havia um olho suspeitando sua passagem.

Eu não gosto dos crepúsculos ou das madrugadas. São momentos indecisos e fáceis de trazer tristeza. Na madrugada sinto como se a noite tivesse preguiça de nos deixar e o dia, preguiça de começar, e eu, com medo de crescer. No crepúsculo são as nuvens embaçando tudo. Crepúsculo é como uma estação onde muitos partem e muitos chegam. Todos ficam no meio do caminho. Saíram e ainda não chegaram. Dói muito esse lento instante. Uma névoa desce sobre meus olhos. É como se estivesse atrás de uma cortina sem trilho.

Pensava em meu avô e gostaria de lhe oferecer um olho novo, de verdade, de presente. Um olho com duas meninas dos olhos. Assim, o mundo lhe pareceria turvo apenas na brevidade do crepúsculo e na rapidez da madrugada. De manhã ele ignorava o pão com manteiga. Preferia brevidade, um bolo seco que precisava de muito café para ajudar a engolir. Nunca vi um cisco incomodar o olho esquerdo do meu avô. É um olho morto e ao mesmo tempo eterno. Ainda hoje ele continua me espiando.

Com o olho esquerdo meu avô amou minha avó. Com o olho direito ele guardava uma paixão muito escondida. Escondida de ninguém. Em cidade pequena nunca falta assunto. Todos sabiam do seu segredo, só o olho esquerdo fazia de conta que não sabia. Era um amor que servia de conversa para todas as horas. Se não falavam de meu avô, lamentavam o sofrimento da minha avó. Sua dedicação ao lar e aos filhos, e agora viúva de marido vivo. Meu avô devia possuir um coração dividido. Metade batia, enquanto outra metade ficava em silêncio. Aprendi na escola que o coração mora no lado esquerdo. Não sei se era também cego o coração de meu avô.

Eu amava meus avós. Compreendia o que faltava e o que sobrava em cada um deles. Para minha avó faltava amor e para meu avô sobrava paixão. Eu distribuía, em partes iguais, o meu afeto. Quando a imensa solidão pesava sobre minha avó, eu me assentava ao seu lado, segurando sua mão, sem dizer nada. Toda palavra seria inútil. Ela correspondia meu carinho com mais carinho. Deixava exalar uma cantiga tão baixinho que eu precisava abrir bem os ouvidos. Sua voz era mais doce que os suspiros que ela assava em forno brando e que desmanchavam no céu da minha boca.

Jamais pedi ao meu avô que me levasse com ele em seus passeios pela tarde. Não pensava em invadir seu destino nem destrancar seu coração. Percebendo minha cumplicidade, ele se aproximava de mim e passava a mão em minha cabeça, como se benzendo ou abençoando meus pensamentos. Meu avô estava sempre me lendo!

Minha avó, que morava em seu olho esquerdo, se chamava Lavínia. Mulher alva como as nuvens, macia como as nuvens, leve como as nuvens e com cheiro de alfazema. Seu ofício maior consistia em lavar os ternos de linho branco do esposo, que só a enxergava com o olho de São Paulo. Suas mãos eram longas e as unhas, brilhantes de tanto esfregar a roupa. No dedo, uma aliança de ouro com data gravada. Nas orelhas, um par de brincos, presente da sua mãe. Lavínia lavava e enxaguava com um ar de anil para o branco ficar azulado como o olhar de seu ainda amado. Passava e engomava como se conhecesse a China. Soprava as brasas do ferro como se apagasse as estrelas da noite. Meu avô se vestia e partia com o olho direito aberto. Sabia onde o amor o aguardava.

Ele partia no meio da tarde. Andava pelo lado direito da rua, segurando a bengala na mão esquerda. Procurava as sombras dos muros como se sentisse calor. Tinha os sapatos engraxados, brilhantes e pretos como jabuticabas. Andava leve como os gatos em cima dos muros. Se chovia, trocava a bengala pelo guarda-chuva preto. Continuava procurando as sombras. Não olhava para os lados. Sem ver, ele também achava que não era visto. Sabia o caminho de cor. Minha avó reparava em sua partida e tinha certeza de sua volta. Eu ficava dividido, morando em dois corações.

Nas tardes, Lavínia se assentava à porta da casa, em uma cadeira de palhinha bem trançada. Deixava as janelas abertas para entrar a luz do poente. Com agulha na mão ela bordava. Com um dedal de prata protegia os dedos. O sangue mancharia as flores. Tecia em cores suas dores. Não perdia o sorriso de quem sabia ter passado sua vez. Meu avô apontava no fim da rua. Ela dobrava o bordado, mesmo parando no meio das pétalas. Passava a atiçar o fogo. Punha a comida, quente, na mesa. Meu avô dependurava a bengala no cabide da sala, tirava o paletó, assentava e comia, sem palavras. Depois do jantar, só se interessava pela Voz do Brasil. E como era alta e longa a voz do Brasil.

Meu avô trabalhava. Conhecia os segredos da homeopatia. Guardava dentro de uma mala de couro muitos vidros cheios de bolinhas brancas. Todas iguais para males diferentes. Eu não entendia nem acreditava. Doença, para mim, se curava com cataplasma, injeção, ventosa, poção. Os clientes chegavam. Ele fazia tantas perguntas que o adoecido nem mais precisava se confessar. Indagava desde o nascimento até o presente, sem se esquecer de conversar sobre o futuro. Nada podia ser ignorado. Depois, escolhia as pílulas, enrolava em papel de seda e recomendava os horários e os cuidados. Ele atendia em qualquer dia e em qualquer hora. Mas ninguém se aventurava a procurar seus préstimos na volta do dia. Ele já havia dobrado o fim da rua para também se tratar. Homeopatia não cura nem olho cego, eu pensava.

A casa de meu avô era silenciosa. Todas as palavras tinham sido ditas. Nada mais mudava do lugar. Mesmo no escuro se podia encontrar uma agulha na gaveta do criado que também era mudo. Uma casa sem palavras é uma casa vazia. Palavra povoa tudo. Corta o silêncio e, aonde chega, fica. Se a gente escreve, pode apagar, mas, se falamos, fica impossível recolher as palavras. Palavra é como borboleta, bate as asas e voa. Palavra não nasce em árvore, ela brota no coração. A gente sabe que ela tem cor, porém cada uma guarda uma ilusão. No alpendre da casa do meu avô havia três borboletas presas na parede. Suas asas eram de louça dura. Elas não partiam. Para voar é preciso asas leves e muito vazio pela frente. Para falar é preciso ter o que dizer.

Como meu avô tinha um olho sim e outro não, ele era um homem meio sim e meio não. Meio alegre, meio calado, meio forte, meio alto, meio carinhoso, meio desconfiado, meio solitário, meio triste, meio bravo, meio amargo, meio da direita, meio da esquerda. Um dia sua ternura aparecia inteira. Outro dia não havia ternura nenhuma. Dividido por dois, meu avô era meio-termo. Até hoje, se me lembro de meu avô fico meio na dúvida. Não sei se o retrato que guardo dele é com o olho de vidro ou não. No entanto, é um retrato que me olha e me atravessa como um fantasma. Um olhar que machuca, pergunta, amedronta.

Meu avô gostava de história de assombrações e parecia manter um pacto com elas. Acreditava assim como Lavínia confiava em Deus. Minha avó tinha um terço de continhas brilhantes. Quando tudo estava morno, o dia, a vida, a casa, o mundo, o destino, ela passava as contas e parava em cada mistério. Vivendo entre o claro e o escuro, ela entregava tudo nas mãos do Senhor. Ela sofria por ter ao seu lado o que havia perdido.

Meu avô vivia bem com as almas do outro mundo. Assombração não tem memória, ele me afirmava. Quando aparecem aqui, esquecem o que são do lado de lá. Ele me dizia ter um amigo-assombração. Seu meio-corpo era coberto de pelo e o outro meio, despelado. De um lado ele sentia frio, do outro sentia calor. Quando aparecia, mudava o tempo. Pedia água quente e fria, e bebia sem levar o copo à boca.

Não tinha boca. Se a gente sentisse medo, ele nos abraçava e nos matava num abraço com um lado quente e o outro frio. Meu avô me dizia que a assombração viria me visitar numa noite, se ele pedisse. Meu medo era tanto que até meu sono era espantado.

    Minha avó aliviava aquele pavor. Contando história do Anjo da guarda, ela abrandava meu medo. Tudo no reino do céu era tão bonito que a gente não pensava em nada, não sonhava nada, não precisava de nada. Eu tinha receio de, num lugar calmo assim, minha alma dormir para sempre. Sempre me perguntei se alma dorme. Nunca tinha visto cama para alma.

    Eu achava que tudo era imaginação de meu avô, mas continuava com medo. É que ele tinha um olhar frio e outro quente. Tinha um olho que via e outro que só desejava. E se ele fosse também um fantasma? Sempre achei que meu avô enxergava mais com o olho da mentira do que com o olho da verdade. Com o olho do desejo ele inventava. Com o olho da verdade ele só via o que já existia. Com olho frio a gente vê assombração e com olho quente só o que nos assombra.

Não só casos de almas do outro mundo meu avô sabia contar. Ele amava as histórias dos Ciclopes. Antes de o sono chegar, eu me assentava ao seu lado direito. Ele, amoroso, me falava desses seres imensos, que possuíam apenas um olho redondo no meio da testa. Alguns diziam, em poesia, que eram muito fortes, capazes de construir muros com grandes e pesadas pedras, que nenhum humano poderia carregar. Cercavam as cidades, protegendo os reinos. Outros, que eles passeavam pelos campos pastoreando ovelhas com uma delicadeza maior que suas forças. Conduziam os animais entre sons de flauta e cantigas de acordar.

Os Ciclopes, ele falava, eram filhos de Gaia e Urano, ou melhor, filhos da terra e do céu. Viviam na Sicília e amados por Zeus, o deus do Olimpo. Foram eles, também bons ferreiros, que modelaram os raios de luz que se desprendiam do corpo de Zeus.

Quando eu me deitava, me punha a pensar. Se meu avô, um dia, construísse um altar, não seria para Santa Luzia. Ele colocaria no trono os Ciclopes.

Na igreja havia uma Nossa Senhora. Um manto azul cobria seu corpo, sobre nuvens de gesso, com as mãos estendidas. Conforme o dia, eu entendia seu gesto de maneira diferente. Às vezes suas mãos me buscavam, outras vezes me empurravam. Tudo de acordo com o peso dos meus pecados. Ela possuía dois olhos de vidro, também azuis. Em qualquer lugar da igreja que a gente estivesse, ela continuava a nos olhar. Minha mãe dizia que Nossa Senhora das Graças podia ver até minha alma. Eu nunca tinha visto minha alma. Isso significava que ela via o que eu não via. Eu pensava em meu avô e compreendia por que ele só via metade de mim. E como é bom não enxergar tudo e deixar sempre um pedaço para depois. Para ver com prazer é bom ir vendo devagarinho. E ver até a alma não é justo.

Nos domingos e dias-santos a família assistia à missa. Missa longa, cheia de glórias, credos, benditos. Minha avó cobria a cabeça branca com um véu de filó preto. Também deviam ser transparentes suas tristezas maduras. Mantinha as mãos postas agradecendo ao Senhor todo o desamor. Meu avô, com seu olho de vidro, ajoelhava apenas com o joelho direito. Deixava o esquerdo fazendo companhia ao olho. Sempre retirava do bolso seu relógio e se certificava das horas ou se lembrava do Joaquim e dos seus tique-taques. No momento da comunhão, pelo rosto dos fiéis, eu sabia se a hóstia tinha sido engolida ou se estava presa no céu da boca. Eles ficavam com uma cara entalada como se Cristo recusasse visitar seus corações. Era um semblante misturando a aflição com o horror ao inferno.

Havia no altar lateral uma imagem de Santa Luzia. Ela segurava um pratinho com dois olhos. Sempre achei que meu avô gostaria de roubar o olho esquerdo. Assim, passaria a acreditar em milagre. Era uma Santa antiga, mas o olho direito é que estava solto no pires, e fácil de levar para casa. Mas os olhos não são iguais. Tem o direito e tem o esquerdo. Olho é como sapato, não dá para trocar de pé. Depois da missa a família voltava para casa muito cheia de graça, mas sem nenhum sorriso.

Quando visitei sozinho e pela primeira vez a casa de meu avô, todos já estavam crescidos. Eram filhos criados com trabalhos dobrados. Para não ficar só, eu vencia o tempo sempre perto de alguém. Mais tarde descobri que meu avô vivia entre todos, mas sempre num deserto. Minha avó, casada há tantos anos, continuava numa forçada solidão. Nem sempre estar perto é estar acompanhado. Até a casa, cheia de janelas e portas, parecia dormir um sono profundo e infinito. Na chegada da noite eu me deitava no colchão de palha e o medo tomava conta de mim inteirinho. Eu estava entre tantos e, ao mesmo tempo, sem ter a quem pedir socorro. E na noite fria só a urina escorrendo quente entre as pernas me fazia carinho. Era o único calor possível. De vez em quando algum suspiro antigo cortava o silêncio, me fazendo acreditar que ainda viviam.

O quintal se estendia até o córrego. Com o coração descansado, seu ruído invadia o silêncio com carinho. As águas corriam murmurando melodias para as pequenas piabas. Mas durante a noite, sem sono, o terror me cobria. O barulho das águas se fazia estrondo de tempestade. Eu fechava os olhos e escutava o pio dos pássaros pedindo amparo. O canto das corujas virava um lamento. E, se o vento soprava, meu pensamento mais disparava. Nesse momento eu queria meu avô ao meu lado. Ele era minha certeza, e meu medo estaria pela metade. Mas a noite é inteira, e o dia não chegava nunca. Como me fazia falta o olho de vidro do meu avô!

Lavínia, como em todas as tardes, eu imagino, se assentou na porta da casa sobre a cadeira de palhinha. Bordou suas rosas com agulha fina, sem sangrar os dedos, mas perfurando o coração, caprichosamente. Em cada ponto amarrava uma disfarçada melancolia. Eram pontos de cruz, ponto-atrás, ponto cadeia. De vez em quando rabiscava um olhar até a ponta da rua. A rua não trazia ninguém. Retornava ao bordado costurando o imenso tempo. Naquela tarde teceu uma flor, outra flor e mais alguns espinhos presos nos ramos. A noite baixou, e não foi mais possível avistar o fim da rua.

Entrou. Não atiçou o fogo. Deixou as cinzas cobrindo as brasas vermelhas como sangue. A noite estava alta. Recostou na cama do lado esquerdo, mastigando a solidão entre ave-marias. Não dormia. A madrugada veio, o dia veio e o Sebastião não veio. Ansiosa, minha avó guardou o pressentimento só para si. Se não mais havia amor, restava a saudade de um tempo em que houve felicidade.

Minha avó se aprumou com o dia. Vagou pela casa perseguindo algum motivo para explicar a ausência do marido. Nem o silêncio, que tudo sabe, respondeu. Ela debruçou na janela, buscando um milagre no fim da rua. Passou uma hora e mais duas horas e mais três horas e só o vazio crescia. Entregando-se ao desamparo recorreu aos vizinhos. A história se espalhou pelas ruas, de casa em casa, de porta em porta, de boca em boca. Nada. Todos teciam razões. Quem sabe viajou para Goiás para estar com a Diva? E se partiu para a capital com saudades da Júlia? E se viajou para Conceição do Rio Pará para visitar o Afonso? Mas o chefe da estação não confirmava sua partida. O telegrafista enviou recado para todos os parentes. Nenhuma resposta. A aflição aumentava. Meu avô havia desaparecido.

Ao saber, tive medo de ser obra das assombrações. Ter sido levado para um mundo sem memória com um lado quente e outro frio. E se meu avô tivesse perdido o outro olho? Estaria agora nas trevas. Só guardava a lembrança da cidade, mas não podia percorrer os caminhos. Pensei pedir a meu pai que buscasse outro olho em São Paulo. Depois de tantos anos São

Paulo já deveria fabricar olho de ver. E se morreu afogado ao atravessar a ponte que o levava para a felicidade das tardes? E se eu pedisse ao padre que rezasse uma missa aos pés de Santa Luzia?

    Minha mãe viajou para estar junto da minha avó e dividir com ela a ausência. Viagem lenta num trem que não chegava nunca. Locomotiva mais preguiçosa que cobra quando engole sapo. Ela me levou junto, mesmo sabendo que eu não tinha serventia, mas apenas susto. Joaquim derramou a polícia pelas ruas. Revistaram toda a cidade com suas travessas e becos. Afonso chegou com a bailarina, os olhos assustados, as mãos vazias, sem ter mais o que fazer. Tereza, com o marido em tempo de caça, apenas pedia notícias. Júlia permaneceu em silêncio, sem perguntas. Diva lá pelos lados de Goiás, ninguém sabia se ela sabia. Mas meu avô não havia mais.

Os dias venciam a esperança. Minha avó, cheia de perdão, não varria a casa, não alvejava a roupa, não bordava flores e espinhos nas toalhas. Não era importante preparar a mesa e nem havia fome. Seu olhar se fez vago, sua fala sem firmeza, seu corpo curvado. Não corriam mais lágrimas. Seu rosto era molhado pelo quase luto. Certo pudor impedia minha avó de se assentar à porta da casa. E mais dias venciam a espera. O tempo foi acomodando o desaparecimento. A dúvida passou a ser a única verdade. E como a dúvida doía.

Depois de atravessados tantos meses, tudo ganhou luz. Um boato se espalhou pelas ruas, em sussurros. Todos os moradores se assustaram com medo da verdade. Verdade é difícil de acreditar. Verdade traz dúvidas. Restos de linho branco, agora encardidos de terra, foram encontrados distante da cidade, entre árvores, cascalho e capim. Sim, eram dele. No meio do que ficou vivia um olho de vidro azul e aberto, olhando para o céu.

    Meu avô não deixou herança a não ser sua história. Sobraram os ternos de linho engomados no guarda-roupa, a mala com as pílulas, a cadeira de balanço embalando todo o silêncio do mundo. Mas para mim, depois de passar de mão em mão, restou seu olho de vidro, agora sobre minha mesa, dormindo num pires. E sempre que passo diante dele repito: olho de vidro não chora. Olho de vidro brilha por não ver. Nunca vou saber o que o olho de vidro do meu avô não viu.

Bartolomeu Campos de Queirós

Nasceu em 1944 no centro-oeste mineiro e passou sua infância em Papagaios, "cidade com gosto de laranja-serra-d'água", antes de se instalar em Belo Horizonte, onde dedicou seu tempo a ler e escrever prosa, poesia e ensaios sobre literatura, educação e filosofia. Considerava-se um andarilho, conhecendo e apreciando cores, cheiros, sabores e sentidos por onde passava. Bartolomeu só fazia o que gostava, não cumpria compromissos sociais nem tarefas que não lhe pareciam substanciais. "Um dia faço-me cigano, no outro voo com os pássaros, no terceiro sou cavaleiro das sete luas para num quarto desejar-me marinheiro."

Traduzido em diversas línguas, Bartolomeu recebeu significativos prêmios, nacionais e internacionais, tendo feito parte do Movimento por um Brasil Literário. Faleceu em 2012, deixando sua obra com mais de 60 títulos publicados como seu maior legado. Sua obra completa passa a ser publicada pela Global Editora, que assim fortalece a contribuição deste importante autor para a literatura brasileira.

O olho de vidro do meu avô recebeu o Prêmio FNLIJ 2005 Jovem *Hors Concours*.

Outras obras do autor publicadas pela Global Editora

Para iniciantes de leitura

2 patas e 1 tatu
As patas da vaca
De bichos e não só
De letra em letra
História em 3 atos
O guarda-chuva do guarda
O ovo e o anjo
O pato pacato
O piolho
Para criar passarinho
Somos todos igualzinhos

Para crianças e jovens

A árvore
A Ararinha-azul
A Matinta Perera
Antes do depois
Apontamentos
Até passarinho passa
Branca-Flor e outros contos*
Cavaleiros das sete luas
Ciganos
Coração não toma sol*

Correspondência
De não em não
Diário de classe*
Elefante
Escritura*
Flora
Foi assim...
Indez
Isso não é um elefante
Ler, escrever e fazer conta de cabeça
Mário
Menino inteiro
O fio da palavra
O gato
O livro de Ana
O rio
Os cinco sentidos
Para ler em silêncio*
Pedro
Por parte de pai*
Rosa dos ventos
Sei por ouvir dizer
Sem palmeira ou sabiá
Tempo de voo
Vermelho amargo

* Prelo